4236

LES ILLVSTRES
VERITEZ
DE
MONSEIGNEVR
LE PRINCE
ODE.

A PARIS,

Chez François Noel, ruë Saint Iacques,
aux Colomnes d'Hercule.

M. DC. LI.

LES
ILLVSTRES VERITEZ
DE MONSEIGNEVR
LE PRINCE.
ODE.

MVSE, rompons nôtre silence
En faueur de ce Fils des Dieux,
Dont le retour si glorieux
Remplit si bien nostre esperance.
Tu l'as vû ce noble Guerrier
Tout fier de ce nouueau Laurier
Qu'il cueille sur le Cyprez méme;
Puisque domptant vn Sort jalous,
Il parest triomphant chez nous
Et change sa disgrace en vne gloire extríme.

A

Tu l'as vû di je ô chere Fée,
Et tu fus honteuse de voir
L'honneur qu'il faisoit au deuoir
Que tu rendois à son Trophée:
Et cet accueil inesperé
D'vn Prince par tout adoré
T'oblige à de plus grands hommages.
Mais icy laisse tout le fard
Que tes Sœurs recherchent dans l'art
De loüer les Heros & les Grands Personnages.

DE CONDE' ce Heros Illustre
Fait briller dans ses actions
Tout ce qu'ailleurs les fictions
N'assemblent que par vn faux lustre,
Et pour embellir ses Autels
Où méme les derniers mortels
Respecteront encor sa Gloire;
Il y faut ranger seulement
Tant de Vertus qu'incessamment
Couronne en ses explois la main de la VICTOIRE.

Graue

Grave Deeße dont les charmes
Infpirent l'Amour de Valeur,
De qui la guerriere chaleur
Te pourfuit parmy les allarmes;
Et qui de tant d'Amans riuaux
Qui dans les belliqueux trauaux
Soupirent apres ta Conquefte,
Cheris fur tous ce Grand Vainqueur
De qui ta conftante faueur
Des plus fameux Lauriers enuironne la Tefte.

Belle Maitreße des Pompées
Et des redoutables Cefars
Qui formas de mille hazars
Le beau renom de leurs epées,
Lors que tu rends Victorieux
DE CONDE bien plus glorieux,
Tu fais auecque fa Vaillance
Triompher fon grand Iugement,
Sa Douceur, des ames l'aimant,
Son illuftre Sçauoir & fa mâle Eloquence.

Tu donnes la palme à la Force
Par qui son bras imperieux
Se montre si laborieux
Qu'il n'est obstacle qu'il ne force;
Tu couronnes son Equité,
Sa constante Fidelité,
Sa Modestie à tous confie :
En fin, sa noble Majesté,
Sa Grace & sa Dexterité
Par qui plus de cent fois il t'a même vaincuë.

C'est de ces riches avantages
Que l'on doit, ô Prince charmant,
T'etoffer le beau monument
Qui surmontera tous les Ages.
Mais quelle si habile Main,
Sans un Art plus grand que l'humain,
Entreprendra cette Merueille;
Qui doit par un rare bon-heur
Immortaliser son honneur
En immortalisant ta Gloire sans pareille?

Ie n'en vois point d'aſſez hardie
Pour ce Chef-d'œuure tout parfait :
Et que la crainte & le reſpe﬈
Ne retiennent toute engourdie.
Méme au Futur comme au Preſent,
En vain l'on attend ce préſent
Des Miracles de la Nature :
Car, ſi tes faits qui ſont paſſez
Ne ſçauroient e﬈re bien tracez
Qui pourra des derniers ébaucher la Peinture?

Neantmoins pourſuy jeune Alcide,
Tes Explois à iamais fameux ;
Soit au milieu d'vn Champ poudreux,
Soit deſſus la Campagne humide.
Les Immortels dont les regards
Te vont ſuiuans en toutes parts
Et de tes projets font leur Gloire,
Feront naiﬆre des Ecriuains
De qui les efforts tous Diuins
Dreſſeront dignement ton éternelle Hiﬆoire.

Qu'on void bien qu'à ta Deſtinée
Quépouſa le ferme Bon-Heur
Dans le Champ éclatant d'Honneur,
Noſtre Fortune eſt enchainée !
Que par ſes beaux ſoins deſormais
Nous reuerrons icy la Paix
Donner naiſſance à ſes delices !
Et nos plus altiers Ennemis
Par ſes foudres vangeurs, ſouſmis
Au juſte châtiment de leurs noires malices.

L'Eſpagne dé-ja toute fiere
De voir captif ſon Grand Vainqueur,
Reprenant la force & le cœur
Méditoit nôtre perte entiere:
Et ſembloit en nous menaçant,
Nous tenir d'vn ſuperbe accent
Ce diſcours enflé d'inſolence :
Que dans peu de temps ſes Guerriers
Chargeroyent leurs mains des Lauriers
Que la Tienne inuincible a cueillis à la France.

Que

Que le Ciel ne sembla propice
A ta Conquerante Valeur
Que pour rendre nôtre malheur
Plus celebre par sa Iustice;
Ayant souffert que tes explois
Releuassent l'Estat Gaulois
Iusqu'à la Gloire consommée,
Afin que te liant les mains
Elle en vît Maîtres ses Destins
Auecque plus d'éclat & plus de renommée.

Son Lion méme à ces paroles
Excitant ses rugissemens,
En fit trembler les Elemens
Le Lambris celeste & les Pôles ;
Comme de crainte que nos Lys
Par tes Conquestes embellis,
N'en ressentissent quelqu'outrage;
Et que le Trône d'où LOVIS
Rend nos cœurs d'aise épanoüis
Ne seruît de Theatre à sa sanglante rage.

C

Aussi iusques sur nos frontieres
Elle planta ses éendars:
Et ses armes de toutes paris
Pensoyent nous y creuser des bieres.
Enfin ô Puissant de CONDE',
Son Orgueil qui s'estoit fondé
Sur ta Disgrace inopinée,
S'attendoit par vn vain espoir
De nous reduire à son pouuoir,
Et de rendre à jamais la France infortunée.

Mais grace à tes souuerains Astres
Ainsi qu'à l'Ange tout puissant
De cét Empire florissant,
L'on n'a rien vû de ces desastres.
L'Espagne n'a fait que du bruit,
Et loin d'emporter quelque fruit
De son espoir & sa menace,
Elle a vû tomber son Orgueil
Dedans vn tragique cercueil
Où l'auoit amené sa fastueuse Audace.

※

Ce fut au deçà dela Meuſe
Où la Parque expres fut pour Toy
Luy donner le mortel effroy
Dans cette Bataille fameuſe,
Dont l'euenement immortel
Suiuant la priſe de Rhetel
Deſſus cette Affricaine Race,
Ne luy laiſſa que les regrets
D'eſtre venuë à ſes grands frais
Rehauſſer nôtre Gloire & trouuer ſa diſgrace.

※

On tient auſſi que t'on Genie
Qui ſert d'Ægide à cet Eſtat,
Et s'oppoſe à chaque attentat
De l'Eſpagnole tyranie,
Parut en ce Combat ſanglant
Ainſi qu'un Foudre étincelant
Qui fit l'office de la Parque:
Et tüa ſeul de ces Lutins
Plus qu'enſemble toutes les mains
Qu'anima la Valeur de la plus haute marque.

De vray, cét illuſtre Auantage
Eſtant le ſeul qu'on ait compté,
Tandis qu'vne iniuſte Fierté
Seruoit de digue à t'on Courage :
Et n'ayant gueres deuancé
La fin de ton mal·heur paſſé
Que du cours entier d'vne Lune :
Ie crois que ton Demon Diuin
Préuoyant cette heureuſe fin,
D'aiſe, en voulut orner nôtre bonne Fortune,

Donc, de quelle plus iuſte crainte
Doit eſtre ſurpris l'Etranger,
Aujourd'huy que pour le ranger,
Ta Valeur agit ſans contrainte ?
Et que les régars de ton œil,
(Comme par fois ceux du Soleil
Alors qu'ils ſortent d'vne nüe)
Nous montrent vn éclat plus fort,
Apres auoir vaincu le Sort
Qui les a ſi long-temps cachez à nôtre vüe ?

Fut-ce point à ce deſſein même
Qu'il permit, *Valeureux Bourbon*!
Qu'on t'impoſât l'auguſte *Nom*
Qu'auroit ce *Monarque* qu'il aime!
Et que des *Lys* rejetton franc,
Tu n'acquiſſes d'vn diuin *Sang*
Vingt ans deuant ſon *Regne* aimable;
Afin que *LOVIS* féble encor
Par vn autre *Louys* plus fort;
Püſt étre, quoy qu'*Enfant*, vn *Roy* tres-redoutable?

C'eſt te faire droit de le croire,
Comme iniuſtice d'en douter:
Et ſans crime on ne peut ôter
Cette remarque à ton *Hiſtoire*.
Ce ſeroit même impieté
De taire cette verité
Par quelque mouuement d'enuie:
Et d'vn *Sacrilege* odieux,
En derober la gloire aux *Dieux*
Qui firent vn *Myſtere* en te donnant la vie.

D

Vous dont le vol perce les nuës,
Beaux Aigles qui fans cligner l'œil
Compteriez les rais du Soleil,
Sur Celuy-cy fixez vos vuës :
Venez di-je Ecriuains fameux
Dont l'eſprit ſuperbe & pompeux
Penetre la Nature entiere ;
Et, comme de ſubtils Argus,
Comptez tous les rayons aigus
De ce Mars qui n'eſt rien que flâme & que lumiere.

Vous aurez vn honneur ſupréme
En copiant tous les appas
De ce bel Aſtre d'icy-bas,
Dont eſt jalous le Soleil méme.
Trauaillez donc fidellement
A ce celebre Monument
Qui doit étonner tout le Monde.
Mais Grands Dieux ! tout mon zele eſt vain,
Si vous ne conduiſez leur main
Dedans cette entrepriſe illuſtre & ſans ſeconde.

꧁꧂

Fuſſent-ils de nouueaux Orphées,
Fuſſent-ils d'autres Amphions,
Et leurs plus belles paſſions
Fuſſent-elles mieux échaufées :
Euſſent ils toutes les faueurs
Que donne le Dieu des neuf Sœurs,
Ils ſüroyent beaucoup ſans rien faire :
Et vous pouuez ſeuls puiſſans Dieux
Tirer ce Crayon precieux
De l'vn des plus parfaits de vos Fils qu'on reuere.

꧁꧂

Donc, reconeſſans l'impuiſſance
De tant de ſublimes Eſpris,
Muſe éuitons nôtre débris
Reprenans port dans le ſilence.
Car nous pourrions bien abymer
Dedans cette profonde mer
Et de merite & de loüange:
Et comme Icare audacieux,
En penſant voler iuſqu'aux Cieux,
Voir punir nôtre orgueil de ſon deſaſtre étrange.

Heros à Toy seul comparable,
Fay que l'Astre de ta faueur,
Rassure ma sainte ferueur,
Et luy soit vn Phare adorable.
I auoüe auec humilité
Que c'est à moy temerité
De discourir de tes Merueilles;
Dont le doux excez parest tel
Qu'il n'est point de sçauant mortel
Qui n'y consume en vain ses plus penibles veilles.

Mais, ô des Dieux brillante Image,
Comme ils traitent également
Les concerts, l'or, le diament
Dont le Riche leur fait hommage:
Et la cire, le grain d'encens,
Et les fameliques accens
Par qui le Pauure les reuere,
Reçois aussi mes humbles Vers
Comme les plus celebres Airs
Dont les Cygnes parfaits, s'efforcent de te plaire.

Il croid etre déja la proye
De ceux qu'il vouloit mettre au joug :
Et tremble en l'attente d'vn coup
Dont tu dois faire noftre joye.
La peur qu'il nous penfoit donne
Le fait pâlir & friffonner
Malgré cét Aftre qui le brûle :
Et nous efperons aujourd'huy
Le mefme auantage fur luy
Qu'il efperoit fur nous par vn labeur d'Hercule.

Mais il faut, Modelle des Princes,
Auant qu'aller à cet honneur,
Que tu remettes le bon-heur
Dedans le cœur de nos Prouinces,
De ton Bras l'appuy de l'Eftat,
Nôtre ieune & doux Potentat
Attend de voir fes jours plus calmes ;
Car tu luy fembles deftiné
Par le Ciel qui nous l'a donné,
Pour affermir fon Trône à l'ombre de tes Palmes.

E

N'en n'eûmes nous pas l'affûrance
En ta Victoire de Rocroy,
Que tu garantis d'vn éfroy
Dont s'allarma toute la France?
Ouy ce coup deffay glorieux
Où ton Bras fut Victorieux
Et parut dés lors Inuincible;
Ce coup qui raffeura LOVIS
Montant fur le Trône des Lys
Te fit prendre de tous pour fon Demon vifible.

Mais tant d'Exploits brillans de Gloire
Que depuis cét Exploit pompeux,
Ton Courage toufiours heureux
A produis auec la Victoire,
Comme autant de nobles Enfans
Qui naiffans d'eux tous Triomphans
Leur ont donné mille Couronnes,
Nous font paffer en poinct de Foy
Qu'à l'Eftat de mon jeune Roy
Le Ciel veut que tu fois bien plus que cent Colonnes.

Car le present le plus superbe
N'aiouste rien à la splendeur
D'vne Souueraine Grandeur
Non plus que la pointe d'vne herbe.
Aussi lors que quelque mortel
Met ses offrandes sur l'Autel
De ces Puissances Adorables,
De celuy qui leur fait honneur
Elles regardent le seul cœur,
Qui seul rend tous les dons plus ou moins estimables.

ROBINET DE SAINT IEAN.

www.ingramcontent.com/pod-product-compliance
Lightning Source LLC
Chambersburg PA
CBHW061512170626
46811CB00004B/1716

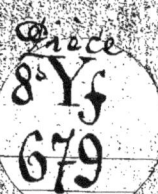
ALBERT CARRÉ

LES THÉATRES

EN ALSACE-LORRAINE

DE LEUR RÔLE

DANS LA PROPAGATION DE LA LANGUE FRANÇAISE

EN ALSACE-LORRAINE

ET DANS LE PERFECTIONNEMENT DE SA PRONONCIATION

LIBRAIRIE BERGER-LEVRAULT

NANCY - PARIS - STRASBOURG

1919

LES

THÉÂTRES EN ALSACE-LORRAINE